KB134073

# 동양하숙

신원철 시집

서정시학 시인선 160

서정시학

지나간 옛날은 포 떼고 차 떼고

추억으로 남았지만

LA 하숙집 뜨락에는 낙엽이 지지 않는다.

—「장군멍군」 부분

# 동양하숙

## 시인의 말

『닥터 존슨』을 펴낸 지 5년 만에
네 번째 시집이니
이력으로는 작지 않다

그 동안에 더 사유가 깊어지고
시적 표현도 단단해졌어야 하는데 아직 미진하다

멀리서 스승의 인자한 웃음소리와
호통이 번갈아 들리는 듯하다

차 례

## 제2부

## 제3부

# 제1부

## LA 아리랑*

30만 한인들의 꿈이 민들레 씨처럼 떠다니고
영어를 하지 않아도 살 수 있는 미국 땅
아득히 떠올랐다가 뚝 떨어지고 미끄러졌다가
다시 일어나 죽을 고비도 넘기고
마침내 홀로되어,
하숙집 현관의 소파에 모여 앉은 사람들
오늘은 박사장이 치킨을 냈다
윤사장은 버드와이저 한 세트를 사왔다
저녁시간 간간한 술자리
카지노 딜러를 했었다는 권사장
소화가 잘 안 되어 바짝 마른 박사장
대구 계성 축구선수였던 이노인은 백발의 칠순,
귀가 먹어서 잘 들리지 않는다
홀로 사는 데는 말 못할
사정이 있지
하루 벌어 하루 먹고 술로 분을 삭이지만
혼자 먹고 마시지는 않는
여기서는 서로를 사장이라 부른다.

* 이하 20편은 내가 2015년 여름 칼 폴리 대학 방문차 로스엔젤레스에서 하숙하면서 만났던 분들과의 소중한 추억들이다.

## 한잠

저녁이면 막걸리와 소주 둘로 나뉜다
젊은 측은
소주가 좋지만
유일하게 막걸리를 고집하는 이 노인
박정희 예찬론자다
그분이 막걸리를 얼마나 좋아했는지 몰라
아 막걸리 드실 때는
정말 괜찮았는데
나중에 씨바스로 바꿨다가 돌아가셨지
차지철 그놈 땜에 그리 됐다구
여러분들 국가와 민족을 위해서 좀 더 노력해야 해
이렇게 평생 살 순 없잖아?
젊은이들 실실 웃는데
일장 연설
잠잠하다 했더니
어느새 고개 떨어트리고 코고는 소리.

## 추회追悔

아득한 옛날 대구 계성 축구부였던
이노인
공부는 뒷전, 공만 찼지만 자부심이 대단하다
젊어 잘 생겼을 호남형 노인
내가 계성 다닐 때 신명이 짝이었는데
그 가시나들 하나도 못 먹었어
그랬다간 박남수 코치한테 맞아죽거든
참 숙맥이었다구

똑똑한 마나님이
이래라 저래라 간섭하는 게 싫어
혼자 나와 산다
그 여편네는 세상에 모르는 게 없어!
그럴수록 생각나는 옛날
졸졸 따라다니던 그것들 중 하나만 꿰어 찼어도

## 나성의 노래

바람에 실려 구름을 타고
80, 90년대 이민에 휩쓸려 온 이들
사연은 제각각이다
자식 공부시키러?
돈 한번 제대로 벌어보겠다고?
답답한 한국이 싫어?
자녀들은 신천지에서 날아올랐지만 본인들은
바닥에 떨어졌다

가족들 멀리 샌프란시스코에 두고
홀로 동양하숙 현관에 앉아 한인신문을 뒤적이는 이 노인
이것들이 내 돈 다 뺏어 잘 먹고 살면서
이럴 수 있어?
새끼들은 찾지도 않고
여편네는 지 친구들이랑 맨날 나돌아 다닌단 말야
가끔씩 울화통을 터뜨리는데
귀는 잘 안 들리지만
눈치는 기가 막히게 빠른 노인

하얗게 식어가는 불씨는 되살리기 힘들어도
과거는 뜨겁다

내가 옛날 대구계성 축구부였을 적엔 말이야...........

## 장군멍군

저녁 먹고 나면 현관 소파에 다 모인다
서늘해진
탁자에 소주 한 병, 치킨 몇 조각
대구 능인고 규율부장을 했었다는 윤사장
완장을 차던
능글 웃음으로 분위기를 잡으면
카지노 딜러로 한때 날렸다는 권사장
세금, 복지비 계산, 눈치 계산.......
카운슬링이 이어지고
가끔씩 왕년의 축구선수 이노인도 인터셉트
이야기를 툭툭 패스한다
바다건너 온 장기판 앞에서
상처를 어루만지며

누가 장군이고 누가 졸이었던가
그게 지금 무슨 소용인가
그러나 한 판 끝나면 다시 옛날이야기
푸른 별, 이파리 무성한 나무, 꿀 사과, 붉은 동백꽃.......

지나간 옛날은 포 떼고 차 떼고

추억으로 남았지만

LA 하숙집 뜨락에는 낙엽이 지지 않는다.

## 순정

이노인에게 애인이 생겼다
한인마트
주류코너의 빨간 입술 아줌마,
다른 마트로 일터를 옮겼다는데 눈 어두운 노인이 찾을 수가 없으니
"내 애인 좀 찾아 줘!"

날을 잡아 차에 태워 갔더니 그쪽이 먼저 알아보고
"하이고 할아버지 도통 안 보이시더니.......그동안 약주도 안 하셨나봐!"
막걸리를 한 병씩만 사는 이유, 다 알지?
그녀 웃고 있는데
아이구 저렇게 이쁘니 내가 미치고 환장하겠어!
주변을 빙빙 맴돌며
사람들이 이렇게 많으니 손을 잡을 수도 없고
"이봐 언제 우리 집에 한번 놀러와, 응?"
주름진 볼에
발갛게 피어나던 진달래 한 송이.

# 고향의 노래

가족은 서울에 두고
태평양 건너 로스엔젤레스
하숙집 방 한 칸 빌려 홀로 지내면서
클라리넷을 분다
부드럽게 퍼져나가는
섬집아기아목동아에델바이스사랑을위하여고향무정섬마을선생님방랑시인김삿갓울고넘는박달재
아침의 선선한 공기를 뚫고
창밖 뜨락을 잔잔하게 돌아다니다가
해가 슬슬 달아오르는 9시, <만남>에서 한 번 펄쩍 뛴 다음
방으로 돌아온다
그래그래그래
혼자 나와 있는 이 집 사람들
고향생각
그리운 노래
나를 만날 때마다 반갑게 웃는

# 가든파티

오매불망 애인타령, 이노인 따라 마트에 왔다가
갑자기 생각난 듯 닭고기 상추 마늘 고추 수박까지 잔뜩 싣던
박사장
인심 한번 크게 휘둘렀다
옛날엔 주유소도 몇 개 경영했었다고
그때의 고급아파트를 지날 때마다 씁쓸하다고
성질을 못 이겨 유치장에도 몇 번 갔었다고 웃던 그가,
자자 우리 하숙집 동지들!
상추 씻고 쌈장 만들고 오이 풋고추 당근 썰고, 앞마당에 숯불까지 쫘쫘 피워 닭고기 바비큐를 시작했다
다다다 오랜만에 도도도 칼도마가 통통 튀더니
권사장, 윤사장, 홍노인 접시 하나씩 들고 나와 소주를 권하며
번개 닭갈비 파티가 열렸다
한 사람 두 사람 고향의 술에 젖어들고
속이 안 좋아 먹지는 못해도
남들 먹는 것이 그저 좋은 박사장,

다니는 직장이 괜찮은지 새장가 들 계획도 있다는데
사람들 얼굴에 노을이 짙어지더니
70년대 춤판이 벌어졌다
오늘은 특별한 날
이제 한 달은 견딜만할 걸
바짝 말랐어도 이마는 훤한 조셉 박.

## 이젠 손이 보이지?

카지노 윤사장 카지노 한번만,

차에 태워 한 시간 밤길

달이 쏟아져 내리는 카지노 옐로 카운티,

노란 황야에

선인장 꽃처럼 화사한 불빛,

기계들 사이로 연기처럼 사라지던 윤사장

기도하듯 하나씩 자리를 차고앉지만

신나는 노래를 부르며

펑펑 쏟아내다가

슬금슬금 주워 담는 보이지 않는 손

정신 차려보니 지갑이 헐렁하더라고

몇 번 벌었던

그 돈 다 게워내고도 500불 이상 보태주고 말았다고

끌끌 자꾸 뒤돌아보는 그를 끌고나와

다시 프리웨이 한 시간

적막한 밤길,

말

껄

그만 둘

껄

밤하늘 멀리 웃으며 날아가던 기러기 군단.

# 약술

20년 사업, 아르헨티나서 한참 꽃피워 올리다가
금융위기 때
미국으로 건너온 하숙집 말똥

술이 부족하면 잠이 오지 않는다
등 돌린 아내
눈앞에 삼삼한 비둘기 같은 새끼들

소주 한 병씩 휘딱 마시고
인턴 온 학생들에게도 맥주캔을 안겨준다
아침 식사 때마다 계란 하나씩은 따로 챙겨 먹지만
부스스 날리는 외로운 가랑잎
마이클 윤

"날아가는 까마귀야 너도 내 술 한 잔 할 테냐?"
옛날 고향마을의 전설
술 인심 좋았던 할아버지 사바하영감님........

# 하숙집에 온 빠삐용

아내에게 버림받으면서
가진 돈 다 내주고
한인타운 스페인어 통역으로 하루하루 살아가지만
사장들 갑질에 일 나가기가 싫다
“좀 절제를 했어야하는 건데”

신교수, 당신 참 무서운 사람이야
술 담배를 어찌 뜻대로 조절하나?

백 명 너머 직원 거느리고 사업 번창할 때
오 아르헨티나!
낮엔 사냥과 낚시 밤엔 술과 여자
휘리릭 날려 보냈던 빠삐용 내 젊음

“아 내가 그걸 못했어.”

## 골절

서울고 출신 홍노인,
멀쩡한 직장 던지고 바람 따라 건너왔다가
사고를 만나 정강이가 부러졌다
몇 번의 수술에도 붙지를 않아
골절용 구두를 신고도
워커를 짚어야 한다

마침내 마누라에게마저 버림받은
뼈만 앙상한 다리
점심은 건너뛰고 책만 읽는다
20년 전 꿈을 밟았던 이 땅에서
인생도 골절되었다

대머리에 수염이 길어 할아버지 같지만
기껏 나보다 5세 연상
잠깐씩 부끄러운 듯 고교시절을 얘기하다가
남들 두는 장기판을 말없이 바라보다가
먼 하늘에 시선을 주는

## LA식 소낙비

와장창 양동이 깨지고 지붕 무너지는 소리
폭포처럼 들입다 쏟아 부으면서
허옇게 찢기는 하늘
현관에
홀로 앉은 홍노인을 향해
뭐하냐고 파초는 요란하게 팔을 흔들고
왜 그러냐고 잔디 풀도 뱅긋 뱅긋 웃고 있었다

순식간에 도로변에 물이 콸콸 흐르는데
쏟아지는 하늘아래 어슬렁거리는 멕시칸 헐렁한 바지
이 도시에 10년을 살았지만 처음이라고
이런 비는 처음이라고
세찬 흐름을 멀거니 바라보는 홍노인
뚝 그쳤다
해가 다시 뜨거워졌다.

## 어느 세일즈맨

얼굴이 검고 힘이 없다
안 먹어도 체중은 불어난다
잡기에는 상남자, 골프도 싱글이었으나
당뇨에 콩팥이 무너지며
공이 보이질 않아
필드에 나갈 수가 없다
그래도 실적을 올려야 하는 보험설계사
스트레스가 두꺼운 어깨는 파리가 앉아도
느낌이 없다
사흘에 한 번씩 신장투석
피 갈이는 무료
그냥 죽게는 내버려 두지 않는
아메리카의 부축을 받으며 소파에 기대앉는
검은 조사장,
아직도 번득이는 재치에 물처럼 흐르는 매너
하지만 팔뚝을 덮은 하얀 거즈아래
주사바늘 구멍.

# 팽

하숙집 남자들은 모두 당했다
조사장은 당뇨 때문에
권사장은 심장병 때문에
이노인은 할멈 잔소리에

윤사장도 분명 술 먹다 쫓겨났을 것이다
태평양 건너올 때 상상도 못했던
이 나라 부부싸움은 무조건 여자의 승리

차도 없이 털털 걸어 다니는 윤사장에게
세금추적이 들어왔다
마누라한테 갈 게 잘못 왔구만
하늘을 보고 허허 웃으며

망할 년들 그저 못된 것만 배운단 말야.

# 적요

홍노인 하루 종일 집에서 책만 읽는다
이노인 현관 소파에 앉아서 졸다가
멕시칸 타운에 나들이 갔다
권노인 어디 갔는지 보이지 않는다
적막한 하숙집 앞 도로에
지치지 않는
따가운 햇살,
그래도 삼나무 큰 가지 사이로 바람은 불고
좋다 그저 좋다
파초만 온몸을 흔들고 있다.

## <윌슨>에서

한인들이 즐겨 찾는 LA 근교 골프장
직접 채를 끌고 다니는
노인들 중에는 몸이 약간 마비된 이들도 있다
이민생활 십여 년의 격렬한 훈장,
곧 쓰러질 듯 전신을 비틀어 올리지만
공은 희한하게 잘 치는
단군의 자손,
노래방호프집스텐드빠당구장룸살롱쿵쿵작작왁자시끌벅적
아무 것도 없으니 어쩌겠어?
저기 멀리서 어슬렁거리는 사슴과 코요테,
너희들도 심심하지?
널찍하고 잔디 좋고 나무는 높고 하늘은 낮고 사람 적고
값도 싸다만

지상을 벗어날 듯 아득히 포물선을 그리면서 날아가다가
어느 순간 툭
떨어지던
삶
이렇게 여기 서 있느니

## 척 박

약간 낯선 미국식 이름
60년대 도미유학, 주유소 아르바이트를 하며
MBA 경영학에 청춘만 보냈다고
아직도 그 시절의 햄버거와
종로 뒷골목 빈대떡이 겹치어 삼삼하다고

단맛 쓴맛 다 본 끝에 시작한 어학연수생 돌보미가
귀엽고 재미있다고
손주 같은 학생들 온갖 말썽 다 받아주며

나와 가끔씩 골프로 어울리지만
한국교수가 한 번씩 왔다가 돌아가고 나면 몸과 마음이 다 아프다는
정 많은 노인
내 귀국하기 하루 전날 취한 목소리가 전화를 걸어왔다

"우리이 만나암은 우연이 아니야아아
신박사 떠나면 내가 허전해서 어떡해에에"

하지만 대화는 점점 어려워진다. 요즘 학생들은

이미 별종

가마득히 멀어진 친밀의 소통.

## 중국마누라

찬찬한 도서관장 닥터 왕 부부와 어울린
백화만발 골프장,
바람에 쌉쌀하게 실려오던 장미의 향이
화사한 모란 꽃빛으로 바뀌더니
잔디밭을 꺽달지게 휘젓는
씩씩한 부인
퍽퍽 뒤땅을 치거나 핑핑 오비를 날려대는 그녀에게 계속 소프트 소프트를 외치다가
이봐, 채로 안 되거든 손을 써
돈 워리 노 프라블럼 톡 톡 위로하는데
기가 죽기는커녕,
볼! 그 볼!
허리에 두 손을 짚고 남편에게 주워오라는 그녀
어쩌다 "나이스 샷"을 외치면 펄쩍 뛰며 깔깔 웃는다
닥터 신 고마워
당신 때문에 많이 즐거웠어
한국남자들 다 친절해?
밉지 않은 얼굴로 배시시 웃는

## 그래 네가 맞다

골프장에서 만난 젊은 백인, 이름이
유진이라고 했다
옳지 제대로 만났군
얌전하니 생겨먹은 게 공부 좀 했겠구만
극작가 유진오닐부터 시작해서
한국 드라마도 이야기했다
그런 건 잘 모른다며 얼굴 붉히길래
요 녀석 겁 먹었군
너는 어찌 너희 나라 문학도 잘 모르냐
계속 말을 붙이며 속으로 웃으며

긴 다리로 성큼성큼 걸으면서 공도 잘 찾아주더니
홀에 그림자가 비쳤다고 벼락같이 화를 내는데

그 놈 참 밴댕이 소가질세
기본적인 골프예절이라고?
그럴 수도 있지
몰랐다 이놈아 너는 살면서 실수도 안하냐?

# 제2부

# 물속 걷기

무조건 기어오르거나 질러간다고?

한번쯤 인수봉의 이마가 훤하게 보이는
산의 발등에 서 보게
인적 드문 오솔길 외딴 집에서 숨은 이야기들이
하나씩 굴러 나오지
길을 따라 도란거리다 보면 멸치국물처럼
간간하게 우러나는 삶,
솔밭의 바람소리에
머리가 잠깐 비워지면서
백운대의 싱거운 웃음이 아득히 들려오리

산길을 내려가면 전과 다른 속세
차도 사람도 느긋이 헤적이는
물속의 나라.

## 송인送人

산비탈 공원묘지 아주 높은 곳
광목에 싸인 메마른 인생
지친 배역은 끝났다
가시는 날을 잘 받아 다시는 사바세계에 환생치 않겠다고
욕계사천 도솔천으로 직행이라고
무슨 미련이 있으랴
우산처럼 펴져 내리는 햇살 아래
저승길을 다진다
날씨는 또 왜 이렇게 좋아?
생전에 햇살 한 번 맘 편히 쬐지 못한 이,
조상이 지워준 짐을 겨우 벗고 떠나는 먼 길
잘 가시라
종아리에 힘을 주어 터를 밟는다
이젠 가슴 펴시라
툭툭 다 털고 훨훨 날아가시라.

## 낙타처럼

아 미련한 놈들!
음식에다 온통 고추장만 풀어 놔서
도무지 먹을 수가 있어야지
그런데 밥 한 공기에다 뻘건 깍두기를 접시 째 씹어 먹고
이를 썩썩 쑤시면서
트림까지 꺽꺽 한단 말이야
그게 어디 사람이야, 악대새끼지?

지금은 돌아가신 식도락 영감님,
대구서 설렁탕을 한 번 대접했더니 두고두고 투덜거렸는데
시뻘건 깍두기도 걸찍한 돼지 감자탕도 잘 먹는 내가
그저 낙타처럼
남해안, 섬진강, 변산반도, 동해안국도, 미시령고갯길을
투덕투덕 운전하는 뒷자리에서

허 그 친구 뭘 먹었길래 지치지도 않누?

## 발자국

일본군 대위를 때려죽이고 숨어들었던
공주 마곡사의
숲길
분노와 격정을 다스리며 조용히 마음을 정리하던 곳
깊고 따뜻하다
아직도 약간 헐떡이는 잎사귀 하나하나에
남아있는 님의 향기
나라는 어지럽고 무력했으니
답답한 마음만 숲을 뚫고 올라가 허공에서 맴돌았으리
임정의 문지기에서 최고수반, 암살대상 1호
적을 척살하는
무수한 폭탄을 터뜨리지만
마침내 간자의 흉탄에 맞게 될 운명을 무겁게
짊어진
젊은 백범의 큰 걸음.

## 그 길목에서

함성과 비명, 피비린내는 가라앉고
주검이 널렸던 골짝은 역사가 되었다
공주에서 부여로 통하는 우금치골
도대체 어디로?
분노에 떨며 솟아올랐던 호미, 낫, 쇠스랑, 대나무 창

회오리치던 바깥세상에서 볼 때
그들의 주먹이야 바위를 치는 계란
여기를 빠져나갔어도 어차피 죽음이 기다렸을 거라면
떠도는 혼백들에게 위로가 되랴

너무 몰랐다
안방에서 큰소리치던 권력자들도
운명이라 체념하던 천한 것들도

좁혀오는 그물에 갇혀 파닥이던 물고기
방향도 모르고 내달리던 울분.

## 솔숲의 바람

서천해안에 빼곡히 쭉쭉 뻗은 소나무 숲!
바람 센 겨울 날
하늘을 쳐다보면
건들건들 싱겁기 짝이 없는데
그중에 온 우주가 요동을 치는데

앞 바다를 향해 성큼성큼 걸어 들어가면
하루 한 번씩 육지로 길을 활짝 열어주는 쌍둥이 섬
끝까지 가다 뒤돌아보면

임금님 귀는 당나귀당나귀당나귀당나귀

일렁이던 소나무 숲도 자지러지던 하늘도 시치미를 딱 떼고
갯벌에 하얗게 아지랑이만 피어오르는 것이다.

## 청풍을 거닐며

산꼭대기로 옮겨 앉은 청풍과 명월*
기와집, 초가집, 누각 그리고 산성

오! 시침을 떼고 앉은 동헌의 사또
저 아래 충주호에서 빠져나온 혼령들인가?
이방은 곁에서 굽신거리고
대청 아래에는 백성이 조아리고 있네
무슨 탄원을 하고 있나?
할 말이 많아 이승을 떠도나?
사또가 호령을 하자
백성이 뭐라뭐라 말을 시작하는데
세월도 묻지 않은 성벽너머에서 아른대는 따뜻한 메아리
바람이 서리서리 도사린 누각의 옛 향기
난데없이 대청마루에 하나씩 드러눕는
더위 먹은
선그라스의 혼령들

달이야 해지면 떠오를 테지
서늘하게 맴도는 푸른 바람.

*청풍명월: 제천, 충주댐 수몰로 이전해서 보존한 문화재 단지.

# 대구 골목 이야기

숨은 듯 살아나는 구비마다 이야기가 튀어 나온다

벽안의 선교사들이
고국보다 좋다며
동산병원 아래 잠들어 있고
그들이 세운 계성학교와 신명학교 사이 푸른 청라언덕에서
여자들이 모여 <동무생각>을 부르고 있다
백합화 같던 여학생은 어디 숨어있나
말 한번 못 붙여보고 속으로만 아팠다는 남학생

한약냄새 감도는 약령시장
그 골목 깊은 곳 옛날식 다방
한복 마담이 클래식 음악을 타고 노인들 사이에 사뿐사뿐 떠다니며
시간을 거스르는 이 도시의 골목
민족시인 이상화의 고택과
국채보상운동의 분개한 발걸음

"또 하루 멀어져 간다"
어린 시절 김광석의 방천시장 옛 집터 골목에서
흘러나오는 구슬픈 노래.

## 정선 2

여기는 피신처
고려의 유신들이 권력의 칼을 피해 숨어들고
김삿갓의 발걸음이 시작되던 곳
산이 높고 골이 깊어
산새도 날아들면 빠져나가지 못하던 곳
화전의 연기가 맴돌다 가라앉으면
멧돼지가 주둥이로 타다만 감자뿌리를 후벼내던 곳
골짝골짝 물이 흘러 강을 이루듯
유랑민들이 모여들어
젖은 인생에 소주를 들이붓던 곳
이제는 산을 뚫고
거침없이 달려오는 팔도의 노름꾼
세계 도처에서 사람들 몰려와 얼음잔치까지 벌일 거라고
번쩍이는 불빛 가운데
톡톡 터져나오는
랩풍의
정선 아리리

## 정선 3

정선 골짝에 가봐라
적막하고 고즈넉하게 쌓인 하얀 눈 위에
기다림이 얼마나 절절하게 삭아있는지
장가들 밑천 벌어오겠다고
아우라지의
총각은 뗏목을 몰고 나간 후 아직도 돌아오지 않았다는데
기다리던 처녀가 어찌 되었는지
그 골짝에 한번 들어가 봐라
어떻게 눈물이 한 방울씩 고여 강으로 흐르는지
한숨이 메아리로 돌아오는지

# 고래잡이 터널

홍천에서 인제, 양양까지
하늘 아래보다
땅 속을 더 오래 달린다
캄캄한 땅 아래를 끝없이 달리다 한계령 솔숲아래 시퍼런 동해바다
갑자기 튀어나오면
땅 속 물길을 흘러가다가 햇살을 만난 신천지의
신드밧드

고래잡이 가겠다던 내 청춘의 아득한 동해바다
고개 넘어 허위허위 먼 길을 달려갔었다
생각하면 지하수처럼 흐르던 인생

웅크리고
숙이면서
포기하지 않고

## 매미

결코 넓지 않은 국경의 강, 저것

건너기가 그리 힘들었던가

차가운 <국경의 밤>, 지아비 걱정을 물레로 자아내던 김동환의 아낙네 대신

찐득한 노래 소리

그늘에 둘러앉아 <홀로 아리랑>을 부르고 있는

조선족 아낙들,

어디서 배웠는지 한국유행가들을 끝없이 풀어내고 있다

한복차림의 약간 그을린 얼굴

햇볕아래

생음악을 토해내는데

녹음이 우거진 두만강가의 버드나무에서도

귀가 따갑게 울어대는 매미들

...................................

원통하지?

...................................

저 강 아무리 깊어도 건너가야지!

# 나나이 박물관*에서

곰을 좋아하고 호랑이를 때려잡던 종족
짐승가죽 옷을 걸치고
하늘을 향해 온몸을 떨며 춤을 추는
광대뼈가 강한 넓은 얼굴

겨울이면 오줌이 떨어지면서 얼어붙는 땅
눈 덮인 숲에서 사슴을 사냥하고
얼음이 떠다니는 흑룡강에서 대어를 낚고
초원에서 늑대를 뒤따라 잡고
배가 부르면 천지가 들썩여라 춤판을 벌이다
지치면 벌렁 누워 콧노래를 흥얼대던
원시의 에너지

여기서 노니시던 단군 할아버지는
백두산으로 내려가 후손을 만드셨지만

하여 긴 다리, 갸름한 얼굴에 물들인 머리칼
세계를 뛰어다니며 춤추고 노래하는 방탄아이들

흰둥이 검둥이 할 것 없이
떼 춤판을 벌이게 만들었지만

거울 속에 비친 내 얼굴은
꼼짝없는 나나이일세.

* 러시아 연해주 하바롭스크에 있음

## 교토단상 1

오리가 많다고 압천
교토의 세느강이라 했다
물에서 솟구친 나무들이 물을 내려다보고
작은 집들도
물을 향해 창을 내었다
에도시대 무사들이나
유신을 일궈낸 이들의 집도 저처럼 작게 앉았을까?
작은 것들에서 개혁은 싹트고 변화는 시작되었던가
큰 것만 바라보지 않는 이 나라의
작지만 풍성한 강
또한 여기서 한없이 작아졌을 지용과 동주
내 나라의 초라함에 갈등하며 이 강물을
내려다보았을
눈물이 방울방울 떨어져 보태었으리

어쩌면 떠다니던 오리들도 슬퍼 말아 울지 말아
위로했을지 모르지.

## 교토단상 2

실내는 노란 호박색이다

지용은 어디쯤에 앉아서 담배를 빼물었을까?

그가 드나들던 <카페 프란스>를 상상하다가

비슷한 이름을 찾아온 후배들,

망국의 청년은

앵무새에게도 쓸쓸히 말을 걸었건만

어디에 이국종異國種 강아지도 있었다는데

오늘은 평범한 카페

교토의 이름 없는 도랑 옆에 자리한

카페 프랑스와즈

지용의 해바라기 밭이 노랗게 펼쳐진다.

## 관산觀山

구름 덮고 숨기를 좋아한다는데 그날 운 좋게
햇살아래 하얀
후지의 전신을 보았네
눈 덮인 봉우리에서 퍼져 나오던
고요한 울림

일본의 혼이라고?
백두산이 원시림 속의 씨름꾼이라면
허연 뱃살을 드러낸
거대한 몸통의 스모선수

시즈오카의 센 바람 속

## 파초 아래서

발갛게 내려앉는 무이네의 저녁하늘
귀를 먹먹하게 만드는 파도소리 틈
큰 파초나무 아래 흔들리는 해먹에서 조용히 듣는
손가락처럼 척척 갈라진 잎사귀의 예언
남으로가라남으로
쿠마의 무녀야 잘도 알아들었겠지만

너의 손바닥으로 하늘을 얼마나 가릴 수 있느냐

지금은 하루가 저무는 시간
곧 하늘에 별나라 천궁도가 펼쳐칠테지
북으로가라북으로
파초의 꿈이 가련타고 어느 시인이 말했지만
그의 말대로 뿌리에 한번쯤 물을 흠뻑 주고 싶다만
바다가 넘치고 있구나
소리가 넘치고 있구나

# 배

베트남 무이네 바닷가 둥그런 배
뱃머리도 꼬리도 없다
노 젓는 대로 둥글둥글 돌며 나가는
어릴 때 목욕하던 고무다라

나는 언덕위에서 둥그런 가난을
음미하며
큰 새우의 등을 가른다

따이한이 싸우던
최전방 땅은 저 북쪽의 후에,
어린 나는 "맹호부대 용사"를 신나게 불렀고
안케패스의 전투에 어깨를 으쓱댔지만

여기는 미군이 주둔하며
전쟁을 조율하던 후방의 바다

이방의 용병들을 기억하며

잠깐 마음은 흔들리고

물결 따라 둥그런 배들도 흔들리고

# 제3부

# 각도

백화점 주차장 앞에서
90도 허리를 굽히는 아들아
아서라
창창한 너의 미래를
누가 그리 낮추라고 하더냐
네 꿈은 훤칠하고
얼굴은 달 같은 이상
눈빛은 별보다 반짝이건만

허리를 굽히는 젊음아
그렇게까지 숙이는 건 아니라네
어쩔 수 없다고?
그래도 중심을 꺾는 건 아니라니까

아비도 주먹 앞에 고개를 꺾고
탈바가지처럼
때로 비굴하게 웃으며
살아왔다만

## 봄날

해가 손을 뻗어 공터의 할머니들을 뱅뱅 돌리고 있다
뜨뜻한 허리, 기분 좋아진 산이 기지개를 켜고 있다

나무뿌리들이 툭툭 지렁이를 깨우고
바위틈 샘물이 이야기를 시작한다
어디보자
땅강아지, 개구리도 잘 잤느냐
개미들만 벌써 깨어 먹이를 나르네
나무도 부지런히 물을 빨아올리는데
소가 되새김 하듯 비스듬히 누워 창밖만 내다보는
팔다리에 갑자기 나무가 돋아나네

수락산이 내려다보이는 아파트 9층
나는 누워서 산등성이가 되고 말았네
햇살이 등짝에서 톡톡 튀고 있네.

# 무상의 노래

삼척 맹방 도로변을 환하게 밝히며
올해도 어김없이 찾아온
봄바람

꽃잎처럼 미소를 뿌리던 옛 기녀들의 화사한
치맛자락

들판을 뒤덮고야 말겠다는 듯 하얗게 차일을 치더니
무더기로 흩날리며 초록에 묻히고

아쉬운 순간 무상의 노래
줄 끊어진 가야금
가늘게 주름진 하얀 얼굴

# 미안하다

가죽이 벗겨질 것 같은 뙤약볕 아래 자동차를 달리며
미안하다, 지금 나는
쥬라기의 숨결과
톱날 이빨,
그 축축한 입김 아래 흔들리던 고사리 숲에
고인 무량한 시간을
태우는 거다
세상은 더 뜨거워지는데
살육의 시대를 차갑게 틀어 올리며
다시 한 번

## 숨 쉬는 먼지

어머니의 이불과 베개가 털리면
햇살아래 자욱하게 먼지가 퍼지고
일부러 코를 들이밀었던
툇마루 가득 팡팡 울려 퍼지던 회초리 소리

훈육주임의 몽둥이 아래
교복 엉덩이 뒷주머니에서
풍풍 터져 나오던
훈훈한 소리

그리고 신작로 버스 뒤로 뽀얗게 일어나던 먼지

모두 청소기 속으로 빨려 들어가고
이제는 서쪽에서 목을 조이며 덮쳐오는
검은 그림자.

## 방문

집 앞의 수락산 등줄기를 따라
요란하게 흔들리는 숲
수직으로 내리 꽂히는 빗줄기에

목마른 땅이 젖어드는 날
푸시시 솟아오르는 아내의 부추전

그토록 오래 기다리게 하더니
밖에선 요란하게 비 떨어지고
안에는 노릇노릇 피어오르는 고요

시가 찾아오던 어느 날

## 낮꿈

어릴 때부터 선생 놀이를 좋아하더니
이젠 정말 기간제교사라도 되어보겠다고
전국을 뛰어다니네

나도 용인까지 따라와서 밝은 햇빛에 몸을 담그고 있다
요즘 취업은 바늘구멍이라더니
문 두드리는 소리
건물 쪽에서 아득히 심장을 두드리건만
학교 운동장가 야산 기슭에 융단처럼 펼쳐진 겨울 햇살,
차창을 내리고 해바라기를 하다가
저 햇살만큼 따스하고 부드러운 세상
온수처럼 떨어지는 햇살 아래
주문처럼 중얼거리는데

고마워 아비!
저기 웃으며 걸어오는 딸아이.

## 발목

중국에서는 도망 못 가게 여자들의 발을 묶고
조선 남자들은
걸핏하면 발모가지를 분지른다고 윽박질렀다

30년 토록 직장과 집만 오가다가
어느 날 접질려 부러진 발목에 깁스를 하고 들어앉은
아내
금강산 선녀처럼 붙잡혔다고
나무꾼 남편이 아이 둘 업혀놓고 멀리도 달아났다고

너무 힘들었다고
자유롭게 여행 좀 다녀야겠다고 부풀어 있더니
꿈만 떠다닌다
커피도 타서 바치고
콩나물국도 끓여서 대령하고
빵도 잘라서 입에 넣어주고
반경 30미터를 뱅뱅 돌고 있으니

언제 우리 사이 이렇게 좋았던 적 있었던가

늘어가는 잔주름

마주 보며 호호 돌아 서서 허허

보시게나

그저 붙어살라는 운명이라네.

# 수도꼭지 물 떨어지는 소리

그때 긴 프라이팬 위에서
나도 한 장의 부침개가 되었다
반듯이 누웠다가
돌아눕고
다시 엎드리며 온 몸을
골고루 굽고 있었다

아픈 딸아이 곁에서 보내던 밤
아침이면 심술거인이 밀가루반죽처럼 치대는 통에
머리가 욱신거리고
낮에는 그게 화덕에 굽히듯 열이 나는데
저녁이 되면
멀쩡하다는 엉뚱한 녀석

가족 멀리 두고 동쪽 바닷가
홀로 자리에 누워
오늘 또 불의 정화를 당하는가
시나온 나날

흩어진 기억들이 자근자근 톡톡
밤새 익어서 부풀고
노릇노릇 냄새를 피워 올리고 있다

덜 잠근 수도꼭지 싱크대 물 떨어지는 소리
머리를 두들기는데

# 복

통통한 민경이
편의점 사장,
수업시간에 열심히 졸지만
학과행사에는 막걸리 짝도 곧잘 선물하는
영원한 누나
멀고 낯선 삼척 땅에 유학 와서 외롭긴 하지만
힘든 부모에게 어떻게 손을 벌려?
주점알바를 하다가
서빙이 너무 힘들고 구박도 서러워
큰맘 먹고 대출 받아 가게를 인수했다는데
목이 좋아
장사가 곧잘 된다
요즘 들어 부쩍 바빠진 민경이
얼굴에 돈이 붙은
지각 10분 민경이
강의실 맨 뒤
끄덕이는 동그란 머리 하나.

# 벼룩

애인과 실랑이질하던 17세기 영국의 어느 시인
가려운 사타구니서 벼룩 한 마리를 잡아내 놓고
얼른 꾀를 내어
우리 두 사람의 피가 이놈 뱃속에서 섞였으니
이제 어쩔거냐고 다그쳤다
여자의 반응이 궁금하지
당신이 아무리 얌전을 빼 보았자
이젠 말뚝이라는 불결한 협박,
갑자기 어디 가려워졌나?

영시수업시간에 터지는 여학생들 웃음소리

## 접시에 비빔밥

밥에다 시금치, 콩나물, 김치, 졸인 멸치, 콩자반 두루 섞고
찌개국물도 뿌려서 비비면
온갖 맛이 한꺼번에 우러나는 걸
이 맛 저 맛
널찍한 데 모아서 잘 섞어야 한다네

그래야 세상이 도는 거라구
오늘 단과대 교수 간담회
넓은 방에 보기 싫은 사람들 마주 앉혀 놓으니
온갖 버릇 나오고
돌린 옆얼굴로
연구실 들어앉아 욕하던 것 다 튀어나오네
그 넓은 대접시가 반으로 갈라지는 줄 알았지

배부르고 술 몇 잔 들어가니 노래가 나오더군
학장이 할 일은 그저 썩썩 비비는 거라네.

## 20년

오 헨리의 소설처럼
한 사람이 바뀌기에 충분한 시간
삼척 추암바다의 촛대바위는 여전히 뾰족하지만
나는 호박이 되었다

가슴 시리던 한티재 아래 맹방바다도
꿈속 같던 환선 동굴도
잔잔해지고, 지금의 내 나이였던 선배들
소주에 개고기 잘 먹고
벌건 얼굴로 호령호령 하더니
그중 몇은 기저귀 친구가 되었다
반짝이던 동료들 맹렬하게 앞서가다가
술 때문에 가거나
여자 때문에 목이 잘리기도 했다

점처럼 이어지던 일과 사건들
스무 번의 봄
하품 몇 번 했더니 흘러갔다.

## 인문학 밥상

책은 써봤자 팔리지도 않고
학생들도 수업을 외면하고
돈 안 된다며 대학에서는 자꾸 줄이라고 하고
한숨을 쉬며
어깨를 늘어뜨리던
문학, 역사, 철학에 투자한 일생

백발이 되고 머리가 벗겨질 때까지
혼자 좋아서 했다만
지금도 골똘히 생각에 잠긴 철학전공 학장
고인돌을 찾아 전국을 헤매는 고고학전공 학장

분노를 안주삼아 마시던 속을 달래는
대구 계산동의 숨은 밥상,
깔끔하게 차려진 고들빼기, 씀바귀, 달래무침과 나물 반찬들
고기는 없다
막걸리 잔과 가지런한 접시들 사이로

젓가락이 바빠지는

한옥 식당의 툇마루 밑 작은 정원에
소담하게 피어난 빨간 맨드라미.

## 서로의 머리를 보며

한 때 외로움과 절망과 희망을 나누며
납의 세월을 보냈던 선배와 후배
하얗게 모여 앉았네
까맣게 반들거리던 치기는 듬성듬성 사라지고
옛날만 재로 남았네

중국요리에 소주와 고량주를 마신 다음
호프에 치킨을 뜯으며,
우리의 학문과 젊음도 이렇게 섞여서 흘러갔었지
삼선교 아래 성북천에 소주와 함께 띄워 보냈던 웃음과 격분들을
잠깐 기억하다가
서로의 머리를 보네
그거라도 있으면 다행인줄 알아!
공부할 때 그토록 똑똑하던 친구의 베레모
벗으니 아예 없구나
그때도 네가 그렇게 반짝이더니

오늘은 어느 선배의 복직 겸 퇴임기념일
파시오 총장에게 바른 소리했다가
20년을 유랑하며 정의롭게 휘날리던 하얀 머리

의분도 세월 속에 지쳐들더니
그나마 다행이라고
발밑에 부서지는 낙엽의 소리.

## 문상

근조 부모님들이 이리와라 저리와라
부르네
이번에는 머나먼 광주, 엄숙하게
내려다보는 영정
그 앞에 서리 앉은 닮은 꼴 머리
가늘어진 눈꼬리
웃는 듯 우는 듯 약간 올라간 입 꼬리에
슬쩍 굽은 등
학생충원, 대학평가, 횟술 때문에
도립대 교무처장 저 상주
따라가게 생겼네
그래도 돌아가신 어른 덕에 이리 만났으니
오랜만에 허리 펴고 소주나 한 잔 하자고
시름 한 쌈 펴는데
무릎이 시큰거리네
허리를 두드리는 옆의 친구,
버스를 타고 손을 흔드는 잠깐 사이
휴대폰이 요란하게 사람을 찾는다.

## 설화

겨울 차가운 바람을 묵묵히 감내하고 있다가
봄날 화사하던 꽃의 기억을
하얗게 피워내고 있는데

걸어가는 등산객들의 머리에 얹힌
세월
터덕터덕 스틱을 짚고 있네

오늘 태양의 눈길이 유난히 게슴츠레 한 것은
한라산 꼭대기에 쌓인 눈 때문 뿐일까?

## 두 무덤

방학동 산길 해 잘 드는 언덕
세종임금의 둘째 딸이 잠들어 있고
길 건너 아래쪽 그늘진 곳에 연산군이 누워 있다
해동성군의 총명하던 딸과
해동패륜 혼군이
지척에 누워 도란도란 이야기를 나눈다
왕궁은 금빛 가시 울타리
구석구석에서 차가운 눈길을 받았던 연산과
아버지의 사랑에 싸여
만인의 따뜻한 눈길을 받았던 공주,
양지바른 언덕을 차지한 할머니 공주와
죽어서도 손가락질 받는 폐군,
오늘도 인자한 할머니가 버릇없는 손자를 달래는 소리
불뚝 툭툭!
오냐 오냐 그래!
무덤 위 잔디가 파랗다.

## 평창을 그리며

그래도 봉평 메밀꽃은 남아있을 테지
평창강 개울은 여전히 맑게 흐르고 있느냐
장터에는 여전히
일본식 가게들,
허생원이 곰방대라도 물고 가끔 고개를 내어미느냐
나귀대신 자전거라도 서 있느냐
많이 변했다는데
신작로 대신 고속도로
터널이 뚫려 그 산골이 상전벽해가 됐다는데
옛날 흔적이라도 볼 수 있느냐
다 묻혀버렸더라도
봉평에서 평창 대화장 가는 길
허생원과 동이는 꿈결처럼 걷고 있느냐
소금을 뿌린 듯 하얀 메밀밭, 그 위에
차마 달이라도
뜨고 있느냐?

해설

# 역사와 현실을 가로지르는 풍자의 언어

황정산(시인, 문학평론가)

## 1. 들어가며

신원철 시인의 이번 시집의 시들은 풍자가 무엇인지를 잘 보여준다. 대상의 약점이나 부정적 측면을 폭로하고 비판하되 직접적인 공격을 피하고 경멸이나 조소를 통해 대상을 희극적으로 묘사해서 에둘러 비판하는 예술적 표현 방식이 바로 풍자이다. 흔히 풍자를 해학과 구별하기도 한다. 풍자는 대상에 대한 공격과 비판이 주를 이룰 때를 말하고 해학은 대상에 대한 연민이 들어 있을 때를 말한다고 한다. 하지만 이 둘이 명확히 구별되는 것은 아니다.

특히 비판하는 대상이 자신이거나 자신이 포함된 '우리'일 때는 연민과 비판은 동시에 생겨난다.

신원철 시인의 시들의 풍자는 모두 그 안에 연민을 담고 있어서 해학적이라고 할 수 있다. 하지만 단순히 웃음과 골계미만 주는 것이 아니라 웃음 뒤에 신랄한 비판과 자기반성을 포함하고 그 어떤 풍자보다도 세상에 대한 예리한 비판의식을 보여주고 있다. 이번 시집의 시들에서는 우리 사회 곳곳에 숨어 있는 그리고 어쩌면 우리 사회를 형성하고 있는 역사 과정에서 우리도 모르게 우리 안에 들어 있는 약점과 허점을 찾아 여실히 비판하고 있다. 그의 풍자의 세계를 좀 더 잘 살펴보도록 하자.

## 2. 풍자 정신으로 역사의 경계 넘기

이 시집 1부의 시들은 미국 이민자 1세 노인들의 이야기를 다루고 있다. 여기에 실린 대부분의 작품들은 그들이 가진 허위의식과 그 의식의 저변에 깔린 우매함을 풍자적으로 드러내는 경향을 보여주고 있다.

> 바람에 실려 구름을 타고
> 80, 90년대 이민에 휩쓸려 온 이들

사연은 제각각이다
자식 공부시키러?
돈 한번 제대로 벌어보겠다고?
답답한 한국이 싫어?
자녀들은 신천지에서 날아올랐지만 본인들은
바닥에 떨어졌다

가족들 멀리 샌프란시스코에 두고
홀로 동양하숙 현관에 앉아 한인신문을 뒤적이는 이 노인
이것들이 내 돈 다 뺏어 잘 먹고 살면서
이럴 수 있어?
새끼들은 찾지도 않고
여편네는 지 친구들이랑 맨날 나돌아 다닌단 말야
가끔씩 울화통을 터뜨리는데
귀는 잘 안 들리지만
눈치는 기가 막히게 빠른 노인
하얗게 식어가는 불씨는 되살리기 힘들어도
과거는 뜨겁다

내가 옛날 대구계성 축구부였을 적엔 말이야……….

—「나성의 노래」 전문

먼 이국땅까지 와서 고생했지만 노인의 그 힘든 시간을 보상해주는 것은 아무것도 없다. 가족도 사회도 그가 떠나온 한국 땅도 아무도 그를 기억해주거나 대접해주지 않는다. 그런 상황에서 기댈 것은 오직 과거뿐이다. 그는 그것을 뜨거웠던 시절 "내가 옛날 대구계성 축구부였을 적"이라는 말로 과시한다. 그런데 이 자기만족의 퇴행적인 옛날 자랑 속에는 그가 지금 느꼈을 분노와 두려움이 고스란히 들어가 있다. 시인은 바로 이것에 대한 비판과 연민을 동시에 하고 있다. 또한 시인은 나성 즉 로스엔젤레스에 사는 노인의 이야기를 통해 그들만이 아니라 이땅에 살아가고 있는 노인들의 생각을 대변하고 있기도 하다. 과거에 함몰되어 현재의 변화를 두려워하거나 거기에 대응하지 못하고 어쩔 수 없이 보수화되어가는 이 땅의 일부 노인들의 부정적 측면이 어디서부터 기인하는지를 좀 더 잘 알 수 있게 만들어 준다.

시인은 다음 시에서 그런 의식을 좀 더 비유적으로 표현하고 있다.

> 서울고 출신 홍노인,
> 멀쩡한 직장 던지고 바람 따라 건너왔다가
> 사고를 만나 정강이가 부러졌다
> 몇 번의 수술에도 붙지를 않아

골절용 구두를 신고도
워커를 짚어야 한다

마침내 마누라에게마저 버림받은
뼈만 앙상한 다리
점심은 건너뛰고 책만 읽는다
20년 전 꿈을 밟았던 이 땅에서
인생도 골절되었다

대머리에 수염이 길어 할아버지 같지만
기껏 나보다 5세 연상
잠깐씩 부끄러운 듯 고교시절을 얘기하다가
남들 두는 장기판을 말없이 바라보다가
먼 하늘에 시선을 주는

—「골절」 전문

이 시에서 골절은 단절을 의미한다. 실제 시의 주인공인 홍노인이 겪은 사고의 결과 얻은 부상이기도 하지만 그가 가진 희망의 단절이기도 하고 LA에 살고 있는 이민 1세대 노인들의 역사의식의 단절이기도 하다.

그런데 신원철 시인은 이들 노인들이 가진 허위의식과 퇴행적 사고에 대해 연민과 비판을 동시에 보여주고 있다. 그들은 이 땅을 떠나 외국에 자리 잡고 사는 이민자들이 아니라 아직도 우리 사회의 한 부분을 담당하고 있고 또한 지금 현실의 우리의 삶과 연결되어 있다고 시인은 생각한다. 그들을 통해서 우리 사회의 모순과 문제가 더욱 선명하게 보이기 때문이다. 한국을 떠나 살면서 한국의 변화를 보지 못하고 한국의 역사와 단절되어 살다보니 오직 과거의 한 조각만이 남아있다. 이는 사실 한국 땅에 살고 있는 보수적인 노인들의 모습이기도 하다. 그들에게는 오직 과거의 어느 한 부분만이 남아 있다. 과거의 자신이 가장 영광스러운 순간만이 진실이고 나머지는 모두 타락이거나 불의라고 생각한다. 그래서 태극기부대가 되고 박정희를 예찬하게 된다.

신원철 시인은 이들 시에서 LA 노인들의 부정적 모습을 풍자함으로써 우리 사회에, 어쩌면 우리 각자의 마음속에 들어 있는 이런 퇴행적인 사고와 변화에 두려워하는 보수적 사고의 모순을 비판하고 있다. 하지만 그 비판 속에는 그러한 노인들에 대한 연민과 사랑이 동시에 들어 있어 그들마저 포용하려는 따뜻한 마음이 깔려있다. 이들 시에 나타난 노인들의 모습이 우습긴 하지만 결코 우습기만 하지 않고 그 안에 씁쓸한 슬픔이 들어 있는 것은 바로 이 때문이다.

시인은 여행을 하면서 이들이 잃어버린 것들을 찾아 나선다.

함성과 비명, 피비린내는 가라앉고
주검이 널렸던 골짝은 역사가 되었다
공주에서 부여로 통하는 우금치골
도대체 어디로?
분노에 떨며 솟아올랐던 호미, 낫, 쇠스랑, 대나무 창

회오리치던 바깥세상에서 볼 때
그들의 주먹이야 바위를 치는 계란
여기를 빠져나갔어도 어차피 죽음이 기다렸을 거라면
떠도는 혼백들에게 위로가 되랴

너무 몰랐다
안방에서만 큰소리치던 권력자들도
운명이라 체념하던 천한 것들도

좁혀오는 그물에 갇혀 파닥이던 물고기
방향도 모르고 내달리던 울분.

—「그 길목에서」 전문

이 시집 전편에서 가장 비장함을 보여주는 작품이다. 다른 시들이 가지고 있는 풍자나 해학은 찾아볼 수 없다. 이 시는 200년 전에 분연히 일어섰던 동학농민군들의 울분과 분노를 되살리고 있다. 시인이 200년이나 지난 지금

다시 그들의 함성을 떠올리는 것은 점점 잊고 지나쳐 버리는 역사를 되새기기 위해서이다. 그 역사 속 변화의 힘이 지금 우리 사회를 만들고 앞으로 이 사회를 이끌어갈 희망이 원천이 된다는 것을 다시금 똑바로 인식하기 위해서이다.

다음 시는 그것을 좀 더 웅건한 기상으로 표현하고 있다.

곰을 좋아하고 호랑이를 때려잡던 종족
짐승가죽 옷을 걸치고
하늘을 향해 온몸을 떨며 춤을 추는
광대뼈가 강한 넓은 얼굴

겨울이면 오줌이 떨어지면서 얼어붙는 땅
눈 덮인 숲에서 사슴을 사냥하고
얼음이 떠다니는 흑룡강에서 대어를 낚고
초원에서 늑대를 뒤따라 잡고
배가 부르면 천지가 들썩여라 춤판을 벌이다
지치면 벌렁 누워 콧노래를 흥얼대던
원시의 에너지

여기서 노니시던 단군 할아버지는
백두산으로 내려가 후손을 만드셨지만

하여 긴 다리, 갸름한 얼굴에 물들인 머리칼
세계를 뛰어다니며 춤추고 노래하는 방탄아이들
흰둥이 검둥이 할 것 없이
떼 춤판을 벌이게 만들었지만

거울 속에 비친 내 얼굴은
꼼짝없는 나나이일세.

—「나나이 박물관에서」 전문

나나이 박물관은 러시아 연해주 하바롭스크 나나이족 마을에 있다고 한다. 나나이족은 퉁구스족의 한 분파로 여진족이나 발해의 원주민들과 관련이 있고 그런 점에서 우리 조상들과도 계통적으로 연결된 민족이라 할 수 있다. 시인은 이들의 삶을 돌아보면서 우리 민족과의 유사성을 발견하고 지금 전세계적으로 인기를 끌고 있는 "방탄아이들"도 이들의 에너지와 닮아있다고 생각한다. 그리고 그 점을 거울을 통해 자신의 얼굴로 확인한다.

이런 인식을 통해 시인은 지금 우리에게 필요한 것은 이러한 역사의식이고 이 역사의식에서 찾게 되는 활력과 희망이라고 생각하고 있다. 그런데 시인은 이러한 주제의식을 정색하고 진지하게 말하고 있지는 않다. 박물관에 전시되어 있는 그들을 다소 희극적인 모습으로 보여주고 있다. "배가 부르면 천지가 들썩여라 춤판을 벌이다/지치면 벌렁 누워 콧노래를 흥얼대던" 이런 구절에서는 그들의 천진한 모습을 엿볼 수 있기까지 하다. 하지만 이런 희극적인 모습이 더 큰 원시의 에너지를 느끼게 한다. 해학적이고 희극적인 표현이 효과를 발휘하고 있다.

역사를 잊어버린다는 것은 사실 현실의 표피만을 보는 것이고 그 현실 너머에 있는 깊이를 알지 못한다는 것이다. 시인은 이런 점에서 가난하고 억압받았던 비극적인 역사일망정 그러한 역사가 사라져감을 안타까워하고 있다.

그래도 봉평 메밀꽃은 남아있을 테지
평창강 개울은 여전히 맑게 흐르고 있느냐
장터에는 여전히
일본식 가게들,
허생원이 곰방대라도 물고 가끔 고개를 내어미느냐
나귀대신 자전거라도 서 있느냐
많이 변했다는데
신작로 대신 고속도로
터널이 뚫려 그 산골이 상전벽해가 됐다는데
옛날 흔적이라도 볼 수 있느냐
다 묻혀버렸더라도
봉평에서 평창 대화장 가는 길

허생원과 동이는 꿈결처럼 걷고 있느냐
소금을 뿌린 듯 하얀 메밀밭, 그 위에
차마 달이라도
뜨고 있느냐

―「평창을 그리며」 전문

평창에서 시인은 그 평창에 새겨져 있는 역사를 떠올린다. 일본의 식민지배와 이효석의 소설 속 허생원을 떠올린다. 그러나 그러한 까마득한 역사 위에 다시 건설된 올림픽 경기장을 보면서 이러한 역사의 흔적이 사라져 감을 애달파하고 있다. 올림픽의 화려함과 웅장함이 과거 역사의 흔적을 딛고 일어난 것이긴 하지만 또 한편 그것이 지워지고 있음을 염려하고 안타까워하고 있다.

## 3. 풍자를 통한 자기 성찰

신원철 시인은 시를 통해 자신을 풍자하기를 즐겨한다. 풍자하는 하는 대상이 자신일 때 그때의 풍자는 강력한 성찰적 기능을 수행한다. 다음 시를 보도록 하자.

실내는 노란 호박색이다
지용은 어디쯤에 앉아서 담배를 빼물었을까?

그가 드나들던 <카페 프란스>를 상상하다가
비슷한 이름을 찾아온 후배들,
망국의 청년은
앵무새에게도 쓸쓸히 말을 걸었건만
어디에 이국종異國種 강아지도 있었다는데
오늘은 평범한 카페
교토의 이름 없는 도랑 옆에 자리한
카페 프랑스와즈
지용의 해바라기 밭이 노랗게 펼쳐진다.

—「교토 단상 2」 전문

시인은 교토에서 정지용과 그가 드나들었다던 <카페 프란스>를 생각한다. 이것은 단순한 시사적 기록만을 떠올리는 것이 아니라 지용과 자신이 살던 시대에 대한 성찰을 담고 있다. 망국의 청년으로 살았던 지용의 비애를 자신이 얼마나 내면화시키며 살아왔던가, 그런 고민을 애써 외면하거나 잊어버리면 살아온 것은 아닌가, 시인은 지금 그 점을 성찰하고 있다. 그것을 시인은 "지용의 해바라기 밭이 노랗게 펼쳐진다"라고 표현한다. 환하게 떠오르는 성찰의 순간을 그런 감각적 표현으로 우리에게 제시해 주고 있는 것이다. 이 성찰을 통해 시인은 자신을 풍자하고 있다. 교토에 와서 사소한 시사적 사실을 떠올리고 있는 자신이 정말 그 시대 시인들처럼 치열하게 살았는가를 시인은 낮은 어조로 돌아보면서 반성의 시간을 가지고 있는 것이다.

다음 시는 좀 더 직접적이다.

베트남 무이네 바닷가 둥그런 배
뱃머리도 꼬리도 없다
노 젓는 대로 둥글둥글 돌며 나가는
어릴 때 목욕하던 고무다라

나는 언덕위에서 둥그런 가난을
음미하며
큰 새우의 등을 가른다

따이한이 싸우던
최전방 땅은 저 북쪽의 후에,
어린 나는 "맹호부대 용사"를 신나게 불렀고
안케패스의 전투에 어깨를 으쓱댔지만

여기는 미군이 주둔하며
전쟁을 조율하던 후방의 바다

이방의 용병들을 기억하며
잠깐 마음은 흔들리고

물결 따라 둥그런 배들도 흔들리고

—「배」 전문

베트남 무이네에서 어릴 때 목욕하던 고무다라이 같은 배를 보며 시인은 상념에 젖는다. 그러나 그 상념이 상당히 재미있게 표현되어 있다. 어릴 때 따라부르던 "맹호부대 용사"노래를 떠올린다. 동심의 순수함을 느끼게 해준다. 하지만 이 동심 속에 감춰져 있거나 동심을 가장한 이 천진함에 우리의 잔혹한 역사가 숨어 있음을 생각한다. 미국의 용병이 되어 죽이거나 죽임을 당한 과거의 역사를 생각하지 않을 수 없다. 시인은 그것을 "흔들린다"라는 감각적 어휘로 번역해서 표현하고 있다. 그 흔들림 속에는 또한 자기반성이 들어가 있다. 지금 이들이 겪은 가난이 나와 관련이 없는 것인지 우리의 삶이 결국 이들의 삶과 관련이 없는 것인지 스스로 되묻고 있다. 대놓고 독자들에게 문제를 제기하지는 않지만 재미있는 표현을 통해 에둘러 이러한 질문을 하게 만들고 있는 것이다. 풍자적 표현은 아니지만 이 시를 관통하는 풍자의 정신이 바로 그런 시적 효과를 만들어 내고 있다.

다음 시는 좀 더 직접적인 풍자의 방식을 사용하고 있다.

백화점 주차장 앞에서

90도 허리를 굽히는 아들아
아서라
창창한 너의 미래를
누가 그리 낮추라고 하더냐
네 꿈은 훤칠하고
얼굴은 달 같은 이상
눈빛은 별보다 반짝이건만

허리를 굽히는 젊음아
그렇게까지 숙이는 건 아니라네
어쩔 수 없다고?
그래도 중심을 꺾는 건 아니라니까

아비도 주먹 앞에 고개를 꺾고
탈바가지처럼
때로 비굴하게 웃으며
살아왔다만

—「각도」 전문

자존심을 굽히며 아르바이트와 비정규직으로 전전해야 하는 요즘 젊은 세대들의 비애를 다루고 있다. 그들의 삶에 대한 연민과 그것에 책임지지 못한 자신의 무능을 그리고 그들을 이러한 삶에 내몰고 있는 우리 사회의 문제를 풍자하고 있다. 그러면서도 "중심을 꺾는 건 아니라니까"라는 한 마디의 조언을 잊지 않음으로써 어른으로서의 자신의 자존심을 잃지 않으려고 한다. 하지만 이 말이 자신의 처지를 돌아보게 만들고 풍자의 칼끝을 자신에게 돌리게 함으로써 자신의 무능함과 현실을 변화시키지 못하는 무력감을 더욱 증폭시킨다. 따뜻하지만 처절한 슬픔이 배어 있는 요즘 시체말로 '웃픈' 현실을 보여주는 중층의 풍자가 눈에 띄는 작품이다.

> 책은 써봤자 팔리지도 않고
> 학생들도 수업을 외면하고
> 돈 안 된다며 대학에서는 자꾸 줄이라고 하고
> 한숨을 쉬며
> 어깨를 늘어뜨리던
> 문학, 역사, 철학에 투자한 일생
>
> 백발이 되고 머리가 벗겨질 때까지
> 혼자 좋아서 했다만
> 지금도 골똘히 생각에 잠긴 철학전공 학장
> 고인돌을 찾아 전국을 헤매는 고고학전공 학장
>
> 분노를 안주삼아 마시던 속을 달래며
> 대구 계산동 숨은 밥상에

깔끔하게 차려진 고들빼기 씀바귀, 달래무침 나물 반찬들
고기는 없다
막걸리 잔과 가지런한 접시들 사이로
젓가락이 바빠지는

한옥 식당의 툇마루 밑 작은 정원에
소담하게 피어난 빨간 맨드라미.

—「인문학 밥상」 전문

돈 안 되는 인문학에 대한 대학과 사회의 무시와 외면에 분노하며 자신이 평생 추구하던 학문을 토로하고 대책을 논의하는 인문대학장 모임에서의 소회를 표현한 작품이다. 그들의 어깨는 늘어지고 기댈 것은 술상의 안주처럼 놓여있는 분노 밖에 없지만, 그들이 꺼내놓은 학문 세계의 다채로움을 시인은 맛있는 식사를 하듯 즐기고 있다. 그리고 이 즐거움이 "소담하게 핀 빨간 맨드라미"처럼 희망이고 아름다움임을 잊지 않고자 한다. 분노를 즐거움으로 변화시키는 이 정신승리는 바로 풍자의 정신에서 온다. 이것이 신원철 시인의 가장 큰 장점이다.

## 4. 맺으며

세상을 보고 세상을 대하는 데는 여러 가지 태도가 있다. 문학은 대개 비판적 태도로 세상을 바라본다. 항상 더 나은 세계를 꿈꾸기 때문에 지금의 현실의 모순과 어둠을 직시하고 그것을 부정할 수밖에 없는 것이다. 그런데 현실을 부정하고 비판하는 데에도 다양한 태도가 있다. 현실의 어둠에 맞서 싸우다 장렬하게 패배하는 비극적인 방식도 있고 슬픔과 분노를 웃음으로 승화시키는 희극적인 방식도 있다. 신원철은 후자의 방식으로 세상을 표현하는 시인이다. 그래서 비장함이나 신랄한 비판이 부족하고, 해학적 표현으로 현실의 모순을 슬쩍 피해간다는 비판을 들을 수도 있다.

하지만 이러한 비판은 그의 시의 어떤 중요한 점을 놓치고 있다. 그의 시는 웃음 뒤에 깊은 파토스를 감추고 있다. 웃음이 단순한 해학으로 끝나지 않고 현실의 이면에 있는 우리의 슬픈 역사나 사회적 모순을 응축해서 보여준다. 해학적 표현이 풍자의 정신으로 태어나 사회를 성찰하게 하고 그 사회 속에 살고 있는 우리 자신을 돌아보게 한다. 가볍지만 무겁고, 쉽지만 심오한 언어의 힘을 느끼게 해주는 신원철 시인의 시들의 언어야말로 진정한 풍자 정신을 보여준다.

신원철申元澈
1957년 상주 출생. 2003년 『미네르바』 등단.
시집 『나무의 손끝』, 『노천탁자의 기억』, 『닥터 존슨』.
저서 『20세기 영미시인 순례: 죽은 영웅의 시대를 노래함』 외.
현재 강원대 글로벌학부 영어과 교수.

서정시학 시인선 160
동양하숙

---

2019년 11월 22일 초판 1쇄 발행
2020년 03월 13일 초판 2쇄 발행

지 은 이 · 신원철
펴 낸 이 · 최단아
펴 낸 곳 · 도서출판 서정시학
인 쇄 소 · ㈜ 상지사
주 소 · 서울시 서초구 서초중앙로 18, 504호 (서초쌍용플래티넘)
전 화 · 02-928-7016
팩 스 · 02-922-7017
이 메 일 · lyricpoetics@gmail.com
출판등록 · 209-91-66271

ISBN 979-11-88903-33-7 03810
계좌번호: 국민 070101-04-072847 최단아(서정시학)

값 11,000원

* 잘못된 책은 바꾸어 드립니다.

이 도서의 국립중앙도서관 출판예정도서목록(CIP)은 서지정보유통지원시스템 홈페이지(http://seoji.nl.go.kr)와 국가자료공동목록시스템(http://www.nl.go.kr/kolisnet)에서 이용하실 수 있습니다.(CIP제어번호: CIP2019043499)

## 서정시학 시인선 목록

| | | | |
|---|---|---|---|
| 001 | 드므에 담긴 삽 | 강은교, 최동호 | |
| 002 | 문열어라 하늘아 | 오세영 | |
| 003 | 허무집 | 강은교 | |
| 004 | 니르바나의 바다 | 박희진 | ▣ |
| 005 | 뱀 잡는 여자 | 한혜영 | ▣ |
| 006 | 새로운 취미 | 김종미 | |
| 007 | 그림자들 | 김 참 | ▣ |
| 008 | 공장은 안녕하다 | 표성배 | |
| 009 | 어두워질 때까지 | 한미성 | |
| 010 | 눈사람이 눈사람이 되는 동안 | 이태선 | |
| 011 | 차가운 식사 | 박홍점 | |
| 012 | 생일 꽃바구니 | 휘 민 | |
| 013 | 노을이 흐르는 강 | 조은길 | |
| 014 | 소금창고에서 날아가는 노고지리 | 이건청 | ▣ |
| 015 | 근황 | 조항록 | |
| 016 | 오늘부터의 숲 | 노춘기 | ♣ |
| 017 | 끝이 없는 길 | 주종환 | |
| 018 | 비밀요원 | 이성렬 | |
| 019 | 웃는 나무 | 신미균 | |
| 020 | 그녀들 비탈에 서다 | 이기와 | |
| 021 | 청어의 저녁 | 김윤식 | |
| 022 | 주먹이 운다 | 박순원 | |
| 023 | 홀소리 여행 | 김길나 | |
| 024 | 오래된 책 | 허현숙 | |
| 025 | 별의 방목 | 한기팔 | ▣ |
| 026 | 사람과 함께 이 길을 걸었네 | 이기철 | ◉ |
| 027 | 모란으로 가는 길 | 성선경 | ♣ |

| | | |
|---|---|---|
| 029 | 동백, 몸이 열릴 때 | 장창영 |
| 030 | 불꽃 비단벌레 | 최동호 ♣ ♣ |
| 031 | 우리시대 51인의 젊은 시인들 | 김경주 외 50인 |
| 032 | 문턱 | 김혜영 |
| 033 | 명자꽃 | 홍성란 |
| 034 | 아주 잠깐 | 신덕룡 |
| 035 | 거북이와 산다 | 오문강 |
| 036 | 올레 끝 | 나기철 |
| 037 | 흐르는 말 | 임승빈 |
| 038 | 위대한 표본책 | 이승주 |
| 039 | 시인들 나라 | 나태주 |
| 040 | 노랑꼬리 연 | 황학주 ◉ |
| 041 | 메아리 학교 | 김만수 |
| 042 | 천상의 바람, 지상의 길 | 이승하 ◉ |
| 043 | 구름 사육사 | 이원도 |
| 044 | 노천 탁자의 기억 | 신원철 |
| 045 | 칸나의 저녁 | 손순미 |
| 046 | 악어야 저녁 먹으러 가자 | 배성희 |
| 047 | 물소리 천사 | 김성춘 ♣ ♣ ♣ |
| 048 | 물의 낯에 지문을 새기다 | 박완호 ♣ |
| 049 | 그리움 위하여 | 정삼조 |
| 050 | 사또마고를 마시는 저녁 | 황명강 |
| 051 | 물어뜯을 수도 없는 숨소리 | 황봉구 |
| 052 | 듣고 싶었던 말 | 안경라 |
| 053 | 진경산수 | 성선경 |
| 054 | 등불소리 | 이채강 ♣ |
| 055 | 우리시대 젊은 시인들과 김달진 문학상 | 이근화 외 |
| 056 | 햇살 마름질 | 김선호 ♣ |

057 모래알로 울다 서상만 ♣
058 고전적인 저녁 이지담
059 더없이 평화로운 한때 신승철
060 봉평장날 이영춘 ♣
061 하늘사다리 안현심
062 유씨 목공소 권성훈
063 굴참나무 숲에서 이건청 ▣
064 마침표의 침묵 김완성
065 그 소식 홍윤숙 ♣
066 허공에 줄을 긋다 양균원
067 수지도를 읽다 김용권 ♣
068 케냐의 장미 한영수
069 하늘 불탱 최명길 ♣
070 파란 돛 장석남 외
071 숟가락 사원 김영식
072 행성의 아이들 김추인 ♣
073 낙동강 시집 이달희
074 오후의 지퍼들 배옥주
075 바다빛에 물들기 천향미
076 사랑하는 나그네 당신 한승원
077 나무수도원에서 한광구
078 순비기꽃 한기팔
079 벚나무 아래, 키스자국 조창환 ◉
080 사랑의 샘 박송희
081 술병들의 묘지 고명자
082 악, 꽁치 비린내 심성술
083 별박이자나방 문효치 ▣ ♣
084 부메랑 박태현

| | | | | |
|---|---|---|---|---|
| 113 | 나의 해바라기가 가고 싶은 곳 | 정영선 | ▣ | |
| 114 | 하늘 우체국 | 김수복 | ▣ | ♣ |
| 115 | 저녁의 내부 | 이서린 | ▣ | |
| 116 | 나무는 숲이 되고 싶다 | 이향아 | | |
| 117 | 잎사귀 오도송 | 최명길 | | |
| 118 | 이별 연습하는 시간 | 한승원 | | |
| 119 | 숲길 지나 가을 | 임승천 | | |
| 120 | 제비꽃 꽃잎 속 | 김명리 | ▣ | |
| 121 | 말의 알 | 박복조 | ♣ | |
| 122 | 파도가 바다에게 | 민용태 | | |
| 123 | 지구의 살점이 보이는 거리 | 김유섭 | | |
| 124 | 잃어버린 골목길 | 김구슬 | ♣ | |
| 125 | 자물통 속의 눈 | 이지담 | ▣ | |
| 126 | 다트와 주사위 | 송민규 | | |
| 127 | 하얀 목소리 | 한승헌 | | |
| 128 | 온유 | 김성춘 | ▣ | |
| 129 | 파랑은 어디서 왔나 | 성선경 | ▣ | |
| 130 | 곡마단 뒷마당엔 말이 한 마리 있었네 | 이건청 | ▣ | |
| 131 | 넘나드는 사잇길에서 | 황봉구 | | |
| 132 | 이상하고 아름다운 | 강재남 | ▣ | |
| 133 | 밤하늘이 시를 쓰다 | 김수복 | ▣ | |
| 134 | 멀고 먼 길 | 김초혜 | ▣ | |
| 135 | 어제의 나는 내가 아니라고 | 백 현 | ▣ | |
| 136 | 이 순간을 감싸며 | 박태현 | | |
| 137 | 초록방정식 | 이희섭 | ▣ | |
| 138 | 뿌리에 관한 비망록 | 손종호 | ▣ | |
| 139 | 물속 도시 | 손지안 | | |
| 140 | 외로움이 아깝다 | 김금분 | | |

♣ 문학상 ▣ 세종도서 문학나눔 ◉ 문화체육관광부 우수교양도서